U0044524

可口樂園

若
驪

目錄

臺灣後現代鄉土的悲喜劇

須文蔚（詩人．臺師大文學院副院長）

　　若騮是早慧的詩人，從他以 KIMILA 為暱稱在 BBS 上發表作品時，就展現出前衛、後現代與獨特的幽默感，倍受矚目。記得二〇〇〇年參與「第三屆全國大專學生文學獎」新詩組評審時，他以〈開往□□的電車〉摘下首獎，一趟在星夜中的電車旅行，歡迎讀者填入自己嚮往的目的地，搭上車後，汽笛將會喚醒青春記憶，也會途經故鄉，是首甜美歡快的前衛詩。當時遠在西雅圖的楊牧以長途電話參與會議，強烈表現出喜愛若騮作品創新的語言，以及文字中曲折的抒情意涵。

　　二十二年後重讀這首詩，隨著經歷了許多親人師友的離世，我發現〈開往□□的電車〉不妨與《銀河鐵道之夜》互文對讀，童話中魔幻的列車穿梭在時光中，在旅程結束前，旅客也已經老去，隨著黑夜下車，在看似童趣與歡快的敘事中，其實吐

露出的是歲月不羈的滄桑感。翻閱《可口樂園》這本精選集時，穿梭時空，一覽無遺，若騮顯然從青年時期，就已經嫻熟於後現代美學，打造出觀念與形式都新穎的作品。

後現代的環境觀念中，地方、部落與自然生態重新獲得重視，若騮相當敏銳地掌握了反抗資本化與跨國企業的精神，如〈在蘭嶼〉一詩中，詩人探訪達悟族部落，讚嘆族人取之於自然的生活哲學，卻同時要面對現代文明輪番的傷害，以詩哀嘆：「夜空下／星星撤退遠方／便利商店是資本主義／緊密停靠在港邊／加油站很早就睡了／只有核廢料還醒著」。類似的觀察也出現在〈跨年—在吳哥窟〉一詩中，在懷古的旅程中，不斷受到各色推銷給觀光客的商品干擾，在迎接跨年夜的歡欣氣氛中，卻發現一件讓人不舒服的真相：

馬路上有一幅大巨大的廣告看板，寫著中文字
旅館男孩告訴我
來自中國四川的老闆

每個晚上都在劇院裡

聘用柬埔寨人

演出吳哥王朝的故事

　　費盡心力來到柬埔寨旅行，沒想到所看到的展演竟然是跨國資本投資的劇場，此一反轉的戲劇效果，不免讓人驚心。

　　若驪也嫻熟於後現代詩博議的拼貼與混合形式，在詩句中經常可以看見他敏於摘取廣告、商品或是各色招牌，藉由交叉或並置的句型，造成反諷的幽默感受，無論是〈墾丁路〉中：

　　外太空　　　　迷路

　　星際碼頭　　　　的海浪

　　　新飯店　　　　河豚工廠

機車出租店　　　小灣

　　　　民宿　　　　電視壞了

　　　下大雨　　　客滿了

　　　　戀愛　　　T恤專賣店

詩人	7-ELEVEN
潛水	水上摩托車
偷情	夢境

　　夢幻如星際旅行般的迷途，又要面對低劣的觀光設施與環境，卻有著 24 小時不停歇的詩意，以及騷動著外遇的慾望，真是讓人眼花撩亂。或如〈省道〉中，各色電腦符號交錯在文句中，展示出臺灣鄉土中旺盛與生猛的庶民活力，形式上更朝向觀念寫作（Conceptual Writing），不僅以傳統的分行詩模式書寫，更雜揉著觀念藝術與繪畫的符號，呈現出語言之外更豐富的多義性。

　　在紐曼（Charles Hamilton Newman）所描述「話語通膨」（Inflation of Discourse）的時代中，後現代書寫經常遭到詬病，戲耍各種形式只滿足一時的目標，話語所能展現的意義往往不夠彰顯，內容正不斷貶值中。若驊顯然能夠「逆增上緣」，在形式與內容兼備下，提出具有份量的辯證。在〈寶可夢〉一詩中，將世人風靡擴增實境的遊戲描述為

「宗教熱」般，因此他將《心經》拼貼入詩篇中：

　　寶可夢是諸法空相。不生不滅。不垢不淨。不
　　增不減。是故一邊走路。一邊抓寶。無過去現
　　在未來。無色身香味觸法。無眠無日。乃至車
　　禍撞壁。無無明。眼睛受傷。乃至無法上班。
　　亦無法出門。無智。亦無得。以無所得得故。

　　諷刺現代人迷失在虛擬世界的瘋狂與迷醉，遠
離顛倒夢想確實不容易，更增添了全詩的諷刺意
義。

　　若驊批判社會資本化時，有著犀利的鋒芒，在
以詩書寫貪嗔癡愛時，就身陷情愛的顛倒夢想中，
從青年時期的隱晦，到如今的坦露，讓讀者能夠喜
悅地發現他自信完善了自我的性別認同。

　　他入選《詩路2000年度詩選》的〈情色葉片〉
中，就曾以「一株觀葉植物走了進來／她晃動著夜
裡的乳香，和入夢前的遐想／我將她捧了起來，感
受到葉片發紅／以及心跳」描寫綺麗的情愛纏綿，

將激情與互動埋藏一個看似異性戀花園中。到了金門書寫中，詩人在鋼盔、槍枝、坑道與同袍間，感受到的是青春的慾望，在料羅灣星夜下觀蟹的糾纏與相濡以沫，〈戰地春懷 II〉就呼喊出：

再這樣下去
我就要變成 GAY 了
料羅灣的夜晚
擠滿了勃起的螃蟹
還有放假便傷感的海浪

詩人當下只隱約道出就要變成 GAY 的衝動，同樣指涉情慾但保留性向認同的話語策略，也出現在〈夜讀林燿德〈噴罐男孩〉〉與〈讀《荒人手記》〉中，無論是在金門時的張狂，或是閱讀小說時興奮又壓抑下的陰鬱，若驊開展出系列的酷兒書寫，是這本詩集不容忽視的高音。

在面對恐同與反同的刻板印象下，同志總要面對各式各樣暗黑與魍魎（罔兩）化的描述，若驊在

〈與你說榮格〉中，顯然就希望透過詩句除魅，引經據典，無論是集體潛意識或存在主義，無非想證明：

> 讓憂鬱的母親懷孕之後
> 科學家說，她們
> 生下了大量的同性戀

　　點出了酷兒其來有自，孕育於全體人類共有潛意識下，是榮格所展示現代文明壓抑的慾望，亦即人們對於深度經驗的渴望。直到若驊書寫〈春光·乍洩—曼谷〉時，題名取自王家衛著名的男男愛情電影，而場景從影片中的布宜諾斯艾利斯移到曼谷，洶湧的慾望氾濫成災：

> 我牽起你長滿繭而粗糙的手，輕輕問你的名，你摟著我的腰，啄了我的頸，帶我走到春光滿溢的花花世界。你極盡貪婪如野獸般享用我如花盛開的肉身，好像這個夜晚之後，所有的精

力就會變成一艘越開越遠的船，駛向逐漸老去的黃昏。

至此，詩人大方寫出執子之手的甜美，肉體交纏的歡快，更有著許諾終身的鄭重。

正因為有機會一覽《可口樂園》中，若騮幽微曲折的心路歷程，可以更深刻體會出他幽默的力量並不來自於個性與機智，而是緣於深刻溯源臺灣鄉土文學的傳統，如〈植有木瓜樹的小鎮〉中，龍瑛宗小說中知識份子在腐壞環境中的無力感，到若騮身處的後資本主義社會時，財富更為集中在少數人，青年無力購屋的窘迫，詩人只好以以搞笑的筆法側記。或如〈一個小鎮的跨年晚會〉中，看似人人有機會的摸彩，因為彩券有七千多張，在小孩、外勞與小牌女星的徬徨中，其實人人有期待，但個個沒把握。讀來都會讓人感到矛盾與衝突，因為喜劇的歡快，總夾雜著悲劇的陰暗，其實若騮所展現出的應當是「悲喜劇」。

蕭伯納曾為「悲喜劇」下了定義，既有著喜劇

的戲謔，又比以災難結束的悲劇更悲，到結局時不會讓所有人都死去，王子與公主也不會永遠過著幸福快樂的日子，而是要留下難題待主角解決，更讓讀者感到沉重。就如同〈遊樂園〉一詩，到了一個正午無人的的遊樂園，可以暢快地玩雲霄飛車、碰碰車、衝鋒列車和自由落體，結尾突然反轉：

準備找父親

和母親去搭摩天輪

卻發現

我們很早很早之前

就已經走散了

恍如一夢的樂園遊記，收束在親情割裂的僵局中，夢醒了又該如何走向未來的人生？看來絕對是一大隱患？

在臺灣現代詩走向新鄉土的風潮下，若驊總能以前衛的筆法，歌唱出幽微與曲折的情感，在新詩集《可口樂園》中竟也讓讀者嗅出中年哀樂，如

〈日常〉一詩，道出在科層組織中工作的詩人，漸漸面目可憎，臉孔模糊與長出年輪，能辨認身份的只剩下分機號碼，靈魂也越來越臃腫，就在悲觀的語調中，若驊再度拋出了令人深思與歡欣的段落：

似乎沒有人發現
詩人體內特殊的琴鍵
夜半出走至時光的暗巷
肩膀上的發條
亦旋轉至
沒有人能抵達的境地

又是一場悲喜劇的演出！誠如齊克果 (Søren Kierkegaard, 1818-1855）說過：「我相信，人受過愈多的苦，就愈具有一種喜劇感，唯有經歷過最深切的苦難，人才會獲得真正的喜劇感。」期待若驊有更深的人生體會，繼續以悲欣交加的詩篇，注入詩壇更多笑聲與沉思。

輯一
練習

澳洲有史以來最大規模的森林大火

燒傷人類文明夢境

倖存的袋鼠

和遠方的星群

趕在邊境封鎖前

徹夜逃離家園

是誰在最初　決定封鎖消息

搶先一步橫越熟睡的伊甸樂園

提領乾淨的星空

所有往昔所造諸惡業

從地球的胸口傾巢而出

那些人　還在爭吵病毒的起源

以及如何哲學式的命名

亞當和夏娃

已讀不回

蝗蟲大軍的密令

是吞噬一望無際的玉米田

是不分藍綠　共同起草

大自然的王國宣言

有人注意到臭氧層破洞癒合的現象嗎？

當全球同時按下暫停鍵

孤獨的星球接連死去

公主們徹夜未眠

在囤積糧食和黃金之間

政府無限量印製鈔票

印度貧民在垃圾堆裡尋找食物

無頭蒼蠅們。飛過

他們用內衣剪裁做成的口罩

直到蝙蝠們祕密攜帶

未知的冠狀訊息

以及種種隱喻

回到潘朵拉的盒子裡

註：2019 年冬季以來，新型冠狀病毒肺炎於全球蔓延，各國均祭出封城與鎖國因應，4 月 4 日《星島日報》以〈封城令下頓失收入，印度數百萬貧民垃圾堆中找食物〉為題報導印度封城後的情況，令人印象深刻。

失去靈魂的擁抱

每天，都死去一點點

昨日是一首面無表情的詩

今日是滿城風雨與

角力較勁的戰場

忘記怎麼寫詩之後

我的臉孔一天比一天模糊

並且長出年輪

在公司裡

我只是我的指紋

我只是我的電話分機

隔板與隔板之間

最好藏有一座沒有人能打擾的海洋

完成主管交辦事項

準時下班

下個月月初順利領到一筆現金

接著：靈魂越來越胖

似乎沒有人發現

詩人體內特殊的琴鍵

夜半出走至時光的暗巷

肩膀上的發條

亦旋轉至

沒有人能抵達的境地

練習和強盜搏鬥

練習遇到怪獸時仍然可以優雅地喝杯抹茶拿鐵。

練習看見等於沒有看見

練習在困頓的廣場中搖旗吶喊

在怪手敲落磚塊的時刻

尋找昨日祖父的臉龐

練習在下一秒鐘鎮定呼吸

像是看見太陽底下　燦爛潔淨的海洋

想像　天使就在身旁……

我試著躺下來　接受藍天的撫慰

像小時候　依偎著母親的臉

那麼靠近　那麼溫暖

我練習尋找回家的路

在這部走音很久的大合唱中

練習聽見

等於沒有聽見

夢中的居所

之一

好幾次作夢　都夢到
自己擁有一間房子。
貓走過時
夢就會屏住呼吸

那間房子住於一條發光的巷子裡
隱約住著幾個房客
模糊的性別
徬徨的臉
暗夜裡用詩
發出各種疼痛訊號

因自備款不足
所以沒有窗戶
夢中的居所
左心臟的位置
已經微微發霉

當大門餓得比手掌還小

夢就醒了

之二

我可以貸款八成

用我純淨的靈魂抵押

買下沒有公設比限制的

蔚藍天空給你嗎

大陽台要種植童年的夢也可以

要把臺灣錢淹腳目的記憶

趁通貨膨脹之前

拿出來曬一曬也可以

只要按下滑鼠按鈕

經過小叮噹的任意門

就能回到房價起漲的十字路口

那時候這裡

還只是一片稻田

我還要上很久的班
才能碰觸這島上的奶與蜜

之三

好幾次作夢　都夢到
自己擁有一間房子。
但常忘記前去打掃
也找不到鑰匙

是誰連夜夾走

那櫥窗裡　粉紅色的心

是否用了

比我更少的籌碼？

總有幾次

把人生夾到十字路口

等待著

不再搖擺的命運

當我張開雙手

落下的

不是迷惘

不是懵懂

是這巨大城市裡

最寂寞的那顆星

瑜珈課

海面上的星辰彎下腰

變成了流星

經過了五次的拜日式

身體這間房子

下起一場寧靜的大雨

下犬式

讓我們謙卑地看著黑暗中的自己

上犬式，彷彿一條巨蛇

隨著慾望自

體內倉皇竄出

那些渴欲的事物　甜甜的臉龐

常常要靠像這樣一首詩來處理

（偶爾也會不得要領）

來自印度的梵唱樂音

抓住了我們的小腿　盤旋在肚皮之處

飢餓的島嶼

經過了一分鐘的倒立

仍然吐露著不安的氣息

撩亂的天河
終於結束了一場漫長的風暴
收束好忌妒和恐懼
回到嬰兒式

有誰還記得
我們當初如何將方位對準星星
在暴風雨中航行

午后

下雨的時候，特別想去旅行
祖國的雞蛋花香
是通往那噴濺起青春水花
的無邊際游泳池
——最好不要帶手機
——最好不要有網路
每一次下雨
就這樣
靜靜地坐著
.

什麼都不想
也不拍照
不交談
但可以寫字
也可以看書
不過，就不說中文了
.

靜靜地坐著
坐成一朵蓮花

坐成任何一間古城中
古老的廟宇
．

（偶爾被那些青春的男孩
吸引住目光
但沒有關係）
．

也可以坐成永恆的夏天
坐成發霉的午后
寫成的一首詩

寶可夢

觀自在，走進暗巷行深般若波羅蜜多遇見一隻皮卡丘時，照見寶貝球皆空，真是苦厄。皮卡丘。住家周邊。找不到你。有時找到。卻抓不到。可愛蔥鴨。亦復如是。寶可夢是諸法空相。不生不滅。不垢不淨。不增不減。是故：一邊走路，一邊抓寶。無過去現在未來。無色身香味觸法。無眠無日。乃至車禍撞壁。無無明。眼睛受傷。乃至無法上班。亦無法出門。無智。亦無得。以無所得故。依般若波羅蜜多故。心無罣礙。刪去遊戲。遠離顛倒夢想。畢竟它對生活沒有任何幫助。因此得了許多寶貴時間，也許是三小時又三十分。故知寶可夢，就像是喝酒，酒是微醺，也是大醉。無好無壞，看你怎麼揣測。真實不虛。

輯二
可口樂園

可口樂園

之一　可口的樂園

父母帶我去可口樂園
可口奶滋工廠旁的空地蓋成的樂園
有年邁的白蓮霧樹會等我
巨大的玉米張著大眼
看噴水池嘩啦嘩啦把童年推到半空

小小的我　吃著
可口公司送的可口奶滋　卡滋卡滋
黃昏的微風，把我滿足的笑容吹成一隻隻蜻蜓
把母親對父親柔柔說的話
變成一朵小花
吹到廠房那邊寫著明天要更好的上方

我們一起拍了合照，裡面沒有哥哥
母親說因為他們去學跆拳道了
因為他們長大之後
有一天就可以和怪獸搏鬥

可口樂園裡，除了涼亭和噴水池以外

其實什麼也沒有

但那的確是我的樂園

父親開車經過

從後照鏡也能看到的豐饒年代

之二　封藏的時間

當我回到可口樂園

月光涼亭裡癱坐

噴水池裡吐出荒煙蔓草

我卡滋卡滋吃的可口奶滋

改由印尼製造

可口公司被併購

換成了納斯貝克

樂園的一半

停滿了資本主義的高級車輛

然後大批外勞湧入樂園飲酒

我卡滋卡滋吃著可口奶滋

遠遠站在樂園的門外

怎麼會這樣——

（樂園裡的白蓮霧
長滿了白髮）

我嘆了一口氣，
看一隻帶著微弱光芒的螢火蟲
帶著我細細封藏的時間
消失在我的可口樂園

　　　　　——第二屆林榮三文學獎新詩佳作

開往□□的電車

（是這樣

就要前進了嗎）

戀愛的烏雲輕輕鳴笛

年輕的星樹車站轉醒

那列

開往□□的電車

呀呼。

榴槤上車

年輕上車

月光上車

在開往□□的電車上

□□是我們年輕時代

令人雀躍的睡前凝想

左窗口不斷傳來

小鎮的呵欠

右窗口是家鄉的氣味

（是這樣就要

前進了嗎）

經過了一九七七年青春的鐘聲

經過了一九九四年老去的高中制服

正開往□□

呀呼。那個

充滿憧憬夢想，令人滿心期待的□□

（繼續前進）

有人補票

有人歌劇　和

不小心放屁。

某些過於哲學的車箱

和夜間出走的小夜曲

一起向我童年的芒果樹瀑布

和荔枝雨　揮手

致意

前進吧

　　　去那□□

前進吧

　　　開往□□

前進吧

車箱上永遠販賣的

不老主義

童年的電影票

和珍藏在綠色書包裡的

戀愛氣味

（快要到了嗎）

我年輕的電車，過重的旅客

（快要到了嗎）

呀呼。

　　　開往□□的電車

戀愛的烏雲

輕輕鳴笛，年輕的

星樹車站轉醒

呀呼。

黑夜下車

嘆息下車

秘密下車

這是一列

開往□□的電車

——第三屆全國大專學生文學獎新詩首獎

一個小鎮的跨年晚會

藍色的螢光棒　在小販的手裡

對我招手　渾身透明

的體液，等待扭曲

一個小鎮的

跨年晚會。七千多張

粉紅色的摸彩券，眾聲

喧嘩。一個剛出片的小牌女星還在路上

舞台下，有腳踏車，洗碗機，電視

還有兩個黝黑體壯的外勞

露出檳榔血漬的黃牙　在笑

雖然馬來西亞的一個歌手沒來

綠色的　黃色的青春之燈　不斷旋轉。

我掏出二十五元買下對我

頻頻微笑的，藍色螢光棒

緊握彩券　挺著肚子的鄉下婦人

被華麗的，藍色的，紅色的

璀璨得螢光　照得微微發燙

媽媽，我看不到，抱我

第一首歌：哇哈哈。我們恭喜

彩券號碼六三二一

這位先生。妳的小孩

在舞台左方找您。請小心扒手

我藍色的螢光棒，靜靜散發

淒美的光。一首詩正在成形

心事。正在長大

雞蛋冰的生意輸給　彈珠汽水

只有 KITTY 貓　攫取了孩子的目光

螢光幕剪接出一隻隻　蒼白的手

爭搶彩紅色螢光棒。再抽出

十台烘碗機。我的藍色螢光棒

在我的懷裡嚶嚶哭泣。我看見

十六歲的我和

二十三歲的我　並肩

在人群。一顆氣球破了

碰。手裡的螢光只能撐

四個小時。我們再來抽出

兩台電視。媽媽。我們

還要等多久。跳剉冰舞的阿雅

因為跳票所以沒來。一個舞群小姐

掉了假髮。一朵白色小花的旁邊

小學時的老師齒牙動搖，正凝視

自己的彩券號碼。我的藍色

螢光棒，被我緊緊握在掌心

今晚星星，只有三顆，我開始

把掉在地上的螢光棒，一支一支

連同我的心事撿起來

手裡滿握的各色螢光棒

被我捏得喊疼

宛如陣痛

再忍耐一下。把每個逗號。

都用力　扭轉

再忍耐一下，一首

關於小鎮的詩，就在手裡

漸漸黯淡的螢光中

慢慢　誕生了

　　　　　　　　——教育部文藝創作獎新詩首獎

植有木瓜樹的小鎮

一個虛擬的小鎮

離我小小的家八百公尺

過去曾經編織繁華九零年代的紡織工廠

現在是熱銷的社區建案，一戶 798 萬

編織夏日綠夢的植有木瓜樹的小鎮

繁華中正商圈市中心一畝自然夢田

服務專線：06-5999698

整片大地還很瘦很貧瘠的年代

紡織廠門口的小小廣場

就是野孩子們飆風的國道八號

不斷繞圈，翹尾，旋轉

用一台腳踏車，就想把單調的時光快轉

那時候還沒有高鐵會從遠方經過，閃電一般

只有擁擠燥熱，三個越長越高大的兄弟

同擠在一個越來越低的屋簷下

競技場上照例是有人跌倒，流滿鮮血，才能長大

拍拍屁股，站起身來，就是英雄

返回家鄉的那個早晨，我吃完早餐

到此參觀，植有木瓜樹的小鎮

果然種植著一排青色的木瓜

氣派的大廳，沒有機器嘎嘎運轉

小姐用一種這裡真的是市中心的最後一塊綠地的急
迫感接待我

帶我參觀——

奢華大主臥及客廳，採光明亮，棟距 15 米

總戶數規劃 50 戶，4 到 5 房，客廳地板

鋪設 60 公分見方拋光石英磚，主臥衛浴附 TOTO 的
檯面式面盆

建築結構採用鋼筋續接器，窗框採低壓灌漿施
作……

我在窗外偶然遇見童年的週六夜晚

男孩總是陪著媽媽來聽特賣會

只為了一個免費的洗臉盆、一盒肥皂

她們不知道，陪著媽媽去排隊領紀念品的男孩

長大後變成一位詩人

我留下我的連絡方式

告別只剩兩戶的植有木瓜樹的小鎮

經過 2008 年肇因於美國房市泡沫的全球金融海嘯

和一段紡織產業大規模外移的橙色黃昏

回到充滿壁癌的小小的家

夜色是一幅水墨畫

緩緩罩住家鄉小鎮

整排結實纍纍的青木瓜樹

持續糾結著不安的臂膀

在微涼風中　悄悄嘆息

註：詩題取自作家龍瑛宗 1937 年的小說《植有木瓜
　　樹的小鎮》

　　　　　　　——第七屆林榮三文學獎新詩佳作

遊樂園

接近正午的陽光

把遊樂園裡的設施都一一蒸發了

這一天，沒有爭先恐後

搶玩雲霄飛車的青年男女

反倒是有不少老舊的碰碰車

靠攏在一起看寂寞的人群

我排隊去玩了衝鋒列車，自由落體

準備找父親

和母親去搭摩天輪

卻發現

我們很早很早之前

就已經走散了

輯三
漂浮的人

甜蜜並且層層逼近

我經常從你的頸背

翻閱舊日的時光

暗藍色的書本

沉思的河

與腐爛

也曾在你胸前凹骨

拾回你遺失的字句

你不愛詩的

但你是大地之詩

你是冬季左前窗口緩慢飛降的落葉

你是風　是樹

也是海

你是甜蜜

並且層層逼近

海龜在億百年外的海爬行

月光持續照射著一個男孩的胸口

我揹著新寫好的詩

向你靠近

甘く、そしてひたひたと近づく

三須祐介 譯

ぼくはきみのうなじ越しにいつも

昔日の時間をひもとく

くすんだブルーの本

物思いの河

と腐爛

きみの胸元の骨のへこみで

きみが失くしたことばを拾ったこともある

きみは詩がきらい

けれどきみは大地の詩

きみは冬、左前方の窓辺にゆっくりと舞い降りる

落ち葉

きみは風で、樹でもあり

海でもある

きみは甘く

そしてひたひたと近づく

海亀は何百年いや何億年も先の海を這い進む

月光は少年の胸を照らし続ける
ぼくは新しく書きあげた詩を背負って
きみに近づいてゆく

愛麗絲夢遊仙境症候群

媽媽，妳的頭好大，身體好小喔

爸爸，牆壁上的壁虎邀請我上去玩耍，可以嗎

姊姊，爸爸鼻子變長了，為什麼爺爺鬍子連到地上

弟弟，我們一起跟老鼠玩躲貓貓好不好

哥哥，糟糕，我掉進你的詩了。

漂浮的人
不能過紅綠燈，不能
喝冰咖啡，因為真理
是瘦

是和第四號奏鳴曲
住在下沉的房子裡
是把嬰兒的茉莉香片
安靜成下午遊走的漂浮
和藍色的睡

平躺之後我們變成魚

選一塊多星的海域
我們一起平躺　然後
變成魚

當我們都遙望南方的時候
天空悄悄地升起了彩虹
我要偷偷在你的身體裡灑些種子
老的時候，採收星星

一株觀葉植物走了進來
她晃動著夜裡的乳香，和入夢前的遐想
我將她捧了起來，感受到葉片發紅
以及心跳

整個世界剎那間
燃燒起來……

我有一半你的血統

他有一半的日本血統
有一股說不上來的東京氣味

因為他的出現
我也跟著日本了起來

平口內褲，不二家牛乳糖
お元気ですか
我們相愛，就像
這兩個句子一般，你儂我儂

那夜，躺在他的身邊
我的房間，突然跑進來一半星星

我們在星光下激烈的接吻，
試圖闡述兩個半圓結合的奧義

後來，我發現我們的秘密
都喜歡把情話吞進一半

所以現在，我也只剩

一半，逗號以後是無窮無盡的空虛

若解剖我，另一半是你，

還有我們四分之一日本血統的孩子

綿羊和馬

是綿羊嗎
還是馬
正在肉體的草地
翻動情慾的旗

有沒有一個地方叫做檸檬灣呢
香香甜甜戀愛的檸檬灣
有沒有一個地方叫做檸檬灣呢
安安靜靜戀愛的檸檬灣

我化成狼走進巷子裡
與蝴蝶交換秘密

在二十一年前時早已預先列印

更早時，擬定出年曆上的更動——

春天的時候也許戀愛（但有時仍會傷風）

夏天的時候偶爾失眠或者頭痛（但仍有過好夢）

秋天的時候遭遇別離（但仍說好再見）

冬天的時候如候鳥南飛。冬眠時

等待下一個，春天

我

輯四
與你說榮格

夜讀林燿德〈噴罐男孩〉

凌晨三時六十分負一秒
不小心受蠱惑
與文字一同對流
我，成為巨型噴罐

使用方法——
倒入新興語言，旋緊
並持續加溫
和呻吟的聲音一起攪拌
（噴漆的時候設想
　手淫的另一種可能）

凌晨三時六十六分
今夜，我自己製造彗星
將長長的彗尾
拉成文字惡夢的唯一出路
別問我　為何崇拜彗星
以及噴罐這樣冰冷的陽具

凌晨三時七十七分

噴罐駕著我上街

在 7-ELEVEN 偷第二盒保險套

女店員的臉鏡子一般映照出狗吠

把 PLAYBOY 叼了回去

付錢時邀她：一起用第一個，如何

發票印出來的字沒有我要的答案

凌晨三時八十八分負四十四秒

闖上〈噴罐男孩〉的男孩

買了一罐噴漆往時間的巷子走進

企圖尋找寫下〈噴罐男孩〉的林燿德

　　　　　　魔鬼一般的林燿德

媚惑地製造著噴罐男孩的林燿德

直到閱讀的男孩如我

用自己的噴罐美學　噴出我的處男情節

凌晨三時九十九分負九十九秒

恍惚之間有人握住我的噴罐

使用方式如同小說中的說明──

用力搖晃四十五秒
並以食指壓住噴頭
來回噴漆

凌晨三時九十九分九十九秒
我降落在一幅腥羶的地圖上
夢見噴頭如乳頭
煽情舔我
直到三時×分×秒
不安定的噴罐終於還是
失
眠

頁 148、149，書籤夾在那裡
英國倫敦的寂寞塔橋

人跡俱滅
灰色橋身襯著枯枝落葉
卡片吻著乳白色描圖紙
透明塑膠套之外
是頁與頁之間的荒人心事

夜 1：48、1：49 思緒夾在時間縫裡
時光流轉　跌落一具耽美的肉體

音聲俱寂
情色肉身襯著孤單形影
我咬著豬肝色的牙齦
暖冬的薄夾克之外
是夜與夜交替的悲傷自我指涉

讀
《知識分子論》

請問，你們有知識分子論嗎？

愛德華‧薩伊德　寫的

什麼出版社我忘了

二〇〇〇年十一月三日，我

第一次走進北投的書店

抱歉，賣完了，我

再度來到了石牌的書店

問，你們有進知識分子論嗎？

店員小姐重複了一遍

知識分子論

以極高亢的音量

（顯然相當年輕，也或許迷人）

我幫你找找，我有印象

大概在這個位置

先生抱歉，賣完了

我棄摩托車於不顧，搭上

時速高達八十公里

（甚至更高）

的捷運來到台北市區
繼續尋找知識分子論的身影
以知識分子的身影

先生，不好意思，我們
只有知識分子。我
累了，癱坐下來，打算
打電話給已經買到書
或已經讀過幾遍
可以從容準備去上課
的知識分子

然後就買到了知識分子論
然後就買到了知識分子論
我當然不會告訴你　在
哪裡買的
管你是什麼分子，然後
我就翻開來讀　讀到了
政治在某方面來說是某種群眾藝術

於附錄二　擴展人文主義：

薩伊德訪談錄　第一九九頁　還有

康拉德工業

喬伊斯工業

葉慈工業

狄更斯工業

最後你會問：這就是知識分子論了嗎？

我。我完全不懂呢，只是覺得

可以寫成詩，並且寫在

詩的最末段並且就是你剛剛讀到那幾行

就把它抄錄下來了。

一家叫作悲劇的搖頭店
賣著各種顏色的快樂丸

十九世紀的尼采，如果
來到英國，會不會脫上衣
在有電子舞曲的田野
或農場的大倉庫裡 HIGH

尼采會同意柏拉圖說過
　　　完美的靈魂
　　　是音樂和體育
　　　完美比例的混合
所以柏拉圖也會買半顆 Ecstasy

來吧，今天的糖果叫狂喜
吞下它，一起變身酒神的後裔

發現於 2046 年的古代劇本殘頁

克里夫，殖民時期的行政官員

貝蒂，他的太太，由男人扮演

約書亞，他的黑人僕人，由白人扮演

艾德華，他的兒子，由女人扮演

維多利亞，他的女兒，啞巴

他的岳母

他的朋友

他的外遇對象

他的刻版印象

他的槍

他的

沿途路過中華民國萬歲和選戰的旗幟
報到時我的位置就只能坐到後面了

開場白是傅佩榮先生的專題演講
我在我的位置上專心
聆聽文學、哲學與人生

十點到十點二十之間是茶敘
盤子上有堆積如山的小小包子
旁邊有鮪魚三明治
在奶酥香腸、蛋塔、餃子、丸子的香味間
是詩人散文家小說家評論家教授和
副刊主編。還有我，擠在看不見的
人群中搜括一點點的剩餘餐點

我的位置在很後面呢，不過
這樣的位置還可以找到一點東西糊口
這樣的位置也可以把「郝譽翔」們
和「鍾怡雯」們燦爛笑顏看的一清二楚

還有某教授的廚房主義以及忘記洗手
的美學也都可以一目了然

貴賓席上的位置，依序是紀大偉
過去是成英姝的公主徹夜未眠，馬森教授
和平路女士中間靜止著袁哲生和一隻樹上的羊

我的位置很後面呢
但我也曾在芳香四溢的茶點間與他們
各自擦肩而過

我偏愛攝影。

我偏愛古銅色小麥。

我偏愛民生綠園愛克發沖印店的花貓。

我偏愛普魯斯特更勝過歌德。

我偏愛我對情歌的喜歡

更勝過我對音樂的愛。

我偏愛在書包裡放一本詩集，以備不時之需。

我偏愛藍色。

我偏愛不抱持一切情感

都歸於執著的想法。

我偏愛與眾不同。

我偏愛不按牌理出牌。

我偏愛和小說家聊些隱私的話題。

我偏愛色彩炫麗的抽象畫。

我偏愛寫作的荒謬

勝過不寫作的荒謬。

我偏愛，就愛情而言，可以天天做愛的

不特定情人節。

我偏愛無法啟蒙我的思想家。

我偏愛自以為是更勝過道貌岸然的那種。

我偏愛穿制服的中學生。

我篇愛電影《情書》裡頭，站在窗口窗簾搖曳的那種。

我偏愛有所執著。

我偏愛飾演韓波的李奧納多勝過飾演羅密歐的李奧納多。

我偏愛 X 檔案勝過空難的電視報導。

我偏愛不愛男生的女生更勝過不愛女生的男生。

我偏愛沒有修剪過的綠色的樹。

我偏愛淡藍色的眼睛，因為我是黑眼珠。

我偏愛睡在下舖。

我偏愛許多此處為提及的事物

勝過許多我也沒有說到的事物。

我偏愛柔和的綠

勝過印刷在政黨旗幟上的綠。

我偏愛流水的時間勝過流星的時間。

我偏愛接受退稿。

我偏愛不去問還要多久或什麼時候。

我偏愛牢記此一可能——

存在的理由不假外求。

註：Wislawa Syzmborska（1923-），波蘭女詩人。

種種可能——跟隨辛波絲卡（Szymborska）｜*077*

與你說榮格

第二次世界大戰之後

全球的草也對未來不安

這時候也是開始有不明飛行物體

在各地現形的時期

在瑞士的卡爾‧榮格說

這是

集。體。潛。意。識。

然後存在主義

以及存在主義

讓憂鬱的母親懷孕之後

科學家說，她們

生下了大量的同性戀

榮格也愛塔羅牌呢

榮格說，現在

是雙魚座世紀

但兩條魚總是

跟他的學說一樣

分別是內向和外向
的魚

輯五
旅途上

1. 瓦拉納西 Varanasi

馬路上的聖牛橫陳

滿地發臭的垃圾

四處流動的人口蛇鼠般鑽動

居於底層的一切

終究無法超脫

是的，就是那刺鼻，掩蓋不住

薰香油的氣味

噪音蔓延至祭壇才稍稍緩解

再過去

就是恆河日出

再過去

離我們此生的罪惡

就更遠一些

焚燒屍體的火葬場

不分晝夜，不分貴賤

在瓦拉納西，河邊

總是有幾個騙子

正在等著下一個來訪的旅人

2. 阿格拉 Agra

抵達阿格拉，入住奢華的萬豪酒店

行李經過 X 光掃描後　櫃台人員在我們的眉心

點上了帶著祝福的紅色朱印

大廳裡　巨大的白色大理石花器

可以盛裝眾神的花朵吧

天方夜譚般延伸到天際

走到戶外竟然有游泳池

誰知道，來印度還要帶泳褲呢？

（電影中的印度，並非如此）

（不是很多人擠在印度火車的頂端嗎？）

午餐吃了 Bufeet，喝了

香料味很濃的 MASALA TEA

換上一件當地買的印度長衫

靜靜地在池畔邊曬著太陽

飯店高聳的圍牆之外

斷了手的小女孩

正在洶湧的馬路上

向高級轎車裡的人乞討

3. 泰姬瑪哈陵

開著嘟嘟車的男子

清晨就在飯店的門外等候

他穿著白色長衫

蓄著長長的　泛白的鬍鬚

每天都笑嘻嘻的

彷彿這個世界永遠不會塌下來那樣

前一晚他已經打聽好，只要有

外國人住在萬豪酒店

他就會，開著他的嘟嘟車

來到這裡

帶你去泰姬瑪哈陵

去吃飯，去紀念品店

有時候，還會問

要不要去按摩？

每天，一出旅館就能看到他

彷彿自己是個重要人物

4. 鹿野苑 SARNATH

這裡的噪音稍微少一點

也許，是為了聆聽

佛陀成道後

首次講經

在那兒，或許可以想起

自己是誰

5. 新德里 New Delhi

被騙走一些錢之後

就會覺得不在意了

炎陽焚燒大地以梵唱

曼妙女子的紗麗暈眩了我的視線

我是宇宙中的小小沙粒

整個印度就是我的白日夢

6. 印度瑜珈

十個拜日式之後，
瑜珈老師帶領我進行火焰式呼吸
吸氣，吐氣
再把自己纏繞成一朵蓮花
和打開幾個神秘的開關之後
老師帶領我做笑瑜珈
笑？與哭
已經分不清楚了
下課後，老師向我兜售手環
送葬的隊伍
正緩緩走向恆河邊的祭壇

7. 齋浦爾 Jaipur

他們凝視我
因我的東方臉孔
他們凝視我

因我腳上的 NIKE 球鞋
和我攀談的印度男子
問我來自那裡
（我來自臺灣
你聽過臺灣嗎？）
他們之中　也不乏幾個
要我教他們說中文
好作中國人的生意
「你好。」
「不然多少。」
「不會很貴。」

你聽過臺灣嗎？
我來自臺灣

印度·2018 ── *087*

跨年——在吳哥窟

吳哥城外護城河
手抓划槳的小男孩
輕輕　划過幾個世紀

吳哥窟的晨曦與日落
和尚和大象，鯉魚
和荷花
都爭先恐後　走進了畫布

會說好幾國語言
膚色黝黑的小女孩們
看到觀光客
也已經追上前去了

冰箱貼，吳哥城的模型
旅遊書，蛇皮鼓
這一批跨年的觀光客走了之後
不知道還要再等多久

坍塌的石塊

拼湊不出被遺忘的歷史

周達觀回到了中國

寫下了真臘風土記

我們回到了艾美旅館

準備迎接跨年

馬路上有一幅大巨大的廣告看板，寫著中文字

旅館男孩告訴我

來自中國四川的老闆

每個晚上都在劇院裡

聘用柬埔寨人

演出演出吳哥王朝的故事

春光・乍洩——曼谷

霓虹燈閃爍，男街上慾望如潮水氾濫成災，你走進了我們極盡感官能事的表演場地，只為了圖一晚慾望醋飽。你選了個位置坐下來，煽情樂音隨我們青春耀眼的身軀繚繞耳際，只著一件微小輕薄底褲的我，頻頻對你發送愛意，終抵達你寂寞難耐的心坎裡。

我牽起你長滿繭而粗糙的手，輕輕問你的名，你摟著我的腰，啄了我的頸，帶我走到春光滿溢的花花世界。你極盡貪婪如野獸般享用我如花盛開的肉身，好像這個夜晚之後，所有的精力就會變成一艘越開越遠的船，駛向逐漸老去的黃昏。在天亮之前，我緊緊讓你擁在懷中，聽你的心跳，聽你的醋聲，聽這春光無限的夜晚，沙漏終將滴盡的催趕。

所謂青春

是這個世界趁人不備時

替你抽了一張命運

命運是你來回張望

如蟻擁擠的人群之中

另一雙發著電波的眼睛

在曼谷

一間叫做 DJ STATION 的酒吧

想獵補你的人

在前方三點鐘方向

你一度以為

下午祈求過的愛神朝你而來

原來只是樂音瀰漫的河岸

閉上眼睛的金色臥佛

所謂青春

是經過四面佛前

一列高速行駛的天空列車

是肉貼著肉

手拿著酒

嘴唇尋找另外一張嘴唇

雖然腳尖已濕

但心還熱著

魚群觀賞人類

魚鰭受傷的豆腐鯊　日夜

想念著海洋

海藻森林離開了美國西海岸的冰冷海流

無辜善良的小白鯨

是禮品專賣店最受歡迎的商品

「我不是應該活在大海的嗎？」

人類豢養我，以定時餵食秀

孩童們睜大眼睛觀賞

大人們興奮地在臉書打卡

分享海生館即時動態

在門票 450 塊錢的博物館裡

車城的海岸線

和 4D 眼鏡裡的古代海洋連成一片

長頸蛇頸龍

定時上演完弱肉強食戲碼

絲毫沒有任何差錯

成群的國王企鵝　在仿造的南極冰山

跳啊跳地
張望真正的極地生活

「我不是應該活在大海的嗎？」
有著美麗斑點　身軀巨大的豆腐鯊
在小小的玻璃魚缸裡
不停地轉圈
直到打烊時間已到
仍不停地轉圈

偉大的人類
以無鉛汽油發動車輛
像隻過胖的烏賊
消失在城市的黑幕裡

貓頭鷹　傾斜了

回民宿的路　傾斜了

成群的山羊和造拼板舟的樹　傾斜了

雨不停地下

下在寧靜的部落

飛魚們　潛入最深最深的海裡

蘭嶼的男人說

肚子餓就到海裡抓魚

大海，就是我們的冰箱

除了抽菸，沒有什麼需要買的

田裡，還有一些芋頭呢

水庫？

我們喝的是山泉水

夜空下

星星撤退遠方

便利商店是資本主義

緊密停靠在港邊

4G 訊號異常微弱
烏雲與浪　彼此糾纏

歡迎光臨，人之島
港邊停滿了機車
加油站很早就睡了
只有核廢料還醒著

大雁塔在那兒

唐玄奘在那兒

唐代在那兒

走過歷史的護城河

再走過去

就是鐘樓了

我們打從這兒走過

陽光穿透金黃色的銀杏樹

灑滿在時光的城牆

紅色的柿子高高掛在那兒

西安地鐵　星巴克

也在那兒

我們打從這兒走過

杜甫也在那兒嗎？

打陀螺的人們在廣場

穿著彩色盔甲的兵馬俑

安靜地站在地底下

漁翁島燈塔——澎湖

芒果色的光芒

灑落在海中

小小船兒順利載滿漁獲

準備返回港灣

我站立在漁翁島燈塔旁的崖巔上

欣賞這壯闊的美景

屏息等待　光芒照耀之處

天使就要降臨

昨夜花火燦爛

山羊成群抵達七美嶼的夕陽

白眉燕鷗和玄燕鷗

在貓嶼興奮盤旋

直到迷路的海豚

找到了他們的同伴

也許有一天

我也會住在這裡

認識潮汐和水流

也許有一天

我也會有一艘專屬於我的獨木舟

而漁翁島的燈塔

將始終為每一艘迷惘的船隻守候

一、

詩的開始是

西門町的悲傷一角

譬如說有一個 AV 女優

從伊甸園的樓梯

下來，走了。男優

領了血汗錢，搭上

另一部黃色計程車

譬如說被踩過的報紙頭條

軍史館辦公室

那個電影氛圍的下午

譬如說，淫蕩的阿爸

用過於沙文的酒瓶愛撫

初次來潮卻了無性慾的妹妹

又譬如說，妳可以

先洗，把道德的內衣掛在

浴室然後換我（嘿，妳的肌膚

生長得美極了，該是用

特製底片採收的年紀了）

譬如說我們喝過酒待過的 Pub

和幹過的低級賓館

二、

當舞池裡的○○男女

（七歲的表弟讀到這裡，問我

可不可以填上快樂、自在

寂寞或悲傷。然後就想不出來了）

都爬上岸，變成嬉蜴或者惡魚

當我的難過跟著扭曲的內心一起殘缺

一匍一伏，跟著那個

中年人邁進萬家燈火乞討

而我最好買下整棟百貨公司

和那些情色的男女

三、

從來我只是在等一場無聊難玩的 Party

出門前踩到大便後搭 225 公車

等的那個人總不是那個人

在廁所裡花一整天拼命擦去糞便

又不斷在百貨公司試穿馬汀大夫鞋

我很抱歉沒有問那些鞋喜不喜歡

我的腳，和腳的臭味

以及腳下的大便。我想我的病

大概永遠好不了所以

有些人一直不斷寫詩像是自慰

下一站也許

該去誠品雖然不知道

在

　　逛

　　　　些

　　　什

　麼

四

而我寫詩的速度總比行人

的腳步還慢，動情

的速度卻又快過白雲

和男孩們在眉間在鼻頭

在耳骨在舌頭乳頭穿洞

的速度。我什麼時候

才可以不要

在悲傷時寫詩

（並且請不要問我

我的刺青到底

是不是真的）

只有西門町的青春

仍然閃爍

只是天黑了

我該走了

離開那悲傷的詩的一角

墾丁路

端午　　墾丁大雨
整個墾丁　　的小卷先生
和小卷太太　　不再懶洋洋地
纏綿在溫熱的　　木炭上
看星空　　吐納夏夜的沁涼
墾丁　　五顏六色的臉
也在這夜　　黑了半邊
雨天　　Kenting
只有　　流連忘返的外國人
外太空　　迷路
星際碼頭　　的海浪
新飯店　　河豚工廠
機車出粗店　　小灣
民宿　　電視壞了
下大雨　　客滿了
戀愛　　T恤專賣店
詩人　　7-ELEVEN
潛水　　水上摩托車
偷情　　夢境
雨　　還是沒停
星星　　在烏雲那頭
開始　　PARTY

温泉路

有吉野家和

裕仁皇太子的紀念碑

在溫泉路

下車

然後地熱谷

和溫泉博物館

瞌睡，想起昨夜

不斷縈繞著的那卡西

有纏綿的車輛

長排長排

不肯離去的戀人

潺潺的水流

是溫泉路

有青磺泉和白磺泉

自遙遠大屯山的懷抱

溢出，溫柔鄉記憶的

青稠汁液

潘麗麗唱著：再會吧！北投

「我沒醉，我只是用我一生的

幸福　鋪著你的溫泉路」

有一首詩

散發出　硫磺味

省道

你好歡迎光臨這段省道　　就在我家前面車水馬龍

ω辣妹檳榔攤紅唇族　　幸好對面有賣Ψ退火青草茶

假如你經過省道累了可以進　　%浪情MOTEL對面是二十四小時的

〒加油站來鬆一口氣吧　　♂♀情趣用品專賣店裡面應有盡有

這裡是人民的保姆警察局　　門口有***鐵棘藜小心不要被刺傷

夜深了霓虹閃爍ξ毒蛇們　　正要出門離開那∩夜總會去

KTV高歌一曲歡唱只要　　119省道就是這麼熱情並且洋溢

以#至#於#每#次#經#過#鐵軌##就有##寫詩#的#靈感#轟隆##

讓我跌進▲童年滑梯　　不過怎是倒三角形且黑色的

我並不清楚Π夢想輜輬　　也在省道上我喜歡的孤獨

一盞一盞路燈Γ　　和β天使的翅膀都變成我回家的

零件⊕窗戶我常常趴在窗戶　　在我回家時☆星星

我想跟你說·我在這裡　　只是地圖上的一個看不見

的黑點　　我也在這裡·我聽到

回音

龍舟少年——永康

永康車站上來了一群國中生

以某種荷爾蒙

占領了大半空間

他們的青春氣味

甦醒了整節電聯車廂

教練領著他們

要去安平參加龍舟比賽

一群國中生裡面

有人安靜成靜物

雜亂的心事背後還有大量陰影

有人喜歡靠在伙伴的肩膀上

用攀爬象徵某種關係上的隱喻

稚嫩的臉龐，臉上

還有些不安分的青春痘

在抽長

還在發育的他們

幾個腿上有著大小不——

結痂的傷口

還好這些小傷口

都不妨礙他們長大

那名心事重重的男孩

即使到站

也依然抱著胸

在孤獨一人的運河裡划呀划

直到龍舟抵達終點

輯六
戰地春懷

一名戰鬥型車輛的駕駛兵

洗著車便睡著了

涼風沿著割草兵移動的痕跡

將蜜蜂花

和青草的香味

淡淡地傳遞開來

執意獵殺帝雉的饕客士官長

終於夥同幾名步槍兵

把翅膀都還沒長硬的幼鷹

也一併送上了西天

雉雞被伙房兵煮成三杯　香味四溢的黃昏

北山村的風獅爺

珠山聚落的風獅爺

沙美的風獅爺

何厝的風獅爺

埔邊的風獅爺

如果打這兒經過

不知道會不會流下眼淚？

可惜　風獅爺

沒有校級以上軍階

不然就可以記營長一支申誡

志願役士官卸下值星帶

躲在寢室看蘋果日報、壹周刊

沒有督導的日子

曬衣場的迷彩服

優雅地擺動著

泥土裡的青竹絲

也正進行秘密會議

打算尾隨訓練官

溜到城裡打連線遊戲

信不信，我曾經——
和下了哨的班兵
到灑滿月光的大海
溫柔地手淫

暫時是看不見敵人了
對岸的機場
也因長期疲憊
捻息了最後一盞街燈

軍械室裡的步槍和子彈
再也不必像精神病患
每日倒出來清點

倒是——
我彼岸的愛人
在我精液射向大海的同時
你能否看見
綿延到天際的反登陸樁

都變成了一陣一陣地思念

層層疊疊

劃破了星空

並在你窗前　湧起

白色的巨浪

再這樣下去

我就要變成 GAY 了

料羅灣的夜晚

擠滿了勃起的螃蟹

還有放假便傷感的海浪

戰地春懷 III

難過悲傷的時候，

就想今天剛剛認識的，

對我笑著的無電線修護士，

他應該不只會修理無線電話機

例如 EM-7A

例如 AN/PRC-77

他應該

還會療癒我

因為

我的體內，

有個模糊不清

但訊號強烈

渴望愛的電台。

夜因疲倦而彎下了腰

沒有督導官的樹叢

螢火蟲邀請了蟾蜍和蚱蜢

一起 PARTY

還有　路燈

還有　星星

夜間督導 I

夜間督導 II

督導官來了，大門衛兵緊急按了三聲鈴
通知營區內部
收起撲克牌
把彎曲的樹幹都搖醒

督導官一共記了兩條缺失：

　　夢的肥皂盒未乾

　　曬衣場上的夢掉落

才滿意地離開

後勤官叫我寫一首詩來看看

真是糟糕極了

讓他發現我會寫詩

而且我住的地方

附近都是一五五加農砲

和彈藥

當然寫不出來，當場露出了馬腳

現在，夜間十一點零七分

還在營部洽公

幕僚辦公室裡

燈雖然無奈，但仍亮著

荒涼營區裡的寢室

平常兇猛如虎的阿兵哥

都甜甜地睡著

營部連現在所在位置

從前得了一場瘟疫

原來是一個村莊

去辦公室找後勤官的路上

有一座老夫人的墳墓

亙久地穿越了歷史　守候著這裡

每次我經過都躡手躡腳

怕她看出我當兵

那麼無心

阿兵哥們都睡了

腿開開，脫剩遼闊的內褲

那麼輕鬆

我是個研究所畢業的文書兵

所以還在這裡　洽公

只有窗外得了癩癩頭的軍犬

陪我歇斯底里地一起吠了月亮

還剩一百零五天！

天亮之後，還剩一百零四天！

後勤官電腦裡的小澤圓

放蕩地叫著

我調得有點小聲

好讓終戰的時光，繼續順利走動……

任務來了，又要開始忙碌

很快的，我就會忘記 S。

很快的，會像什麼事都沒發生過一般

雲淡風輕。

（電話卡用完了。）

（薪水只剩 1261 元）

星期天休假，又當安全編組組長

組員小方，堅，還有誌

　　　　堅喜歡嚼檳榔

　　　　誌天生走路有點跛腳

　　　　小方習慣邊走路邊抽菸

　　　　我曾經偷偷在午餐時喝大口高粱調酒

　　　（幸好騎車經過大街的憲兵

　　　沒抄走我們的級職姓名登記違紀）。

中午打電話回部隊作完安全回報

　（在巷子裡吃熱騰騰的國民便當，想念著台灣）

然後

搭公車到島東　然後

租了「向左走向右走」

（又給我 507 號包廂）

星期天，不知怎的，人並不多

（啊！一定是月底了薪水沒了）

506 號包廂走進一個海龍蛙兵

（莒光日電視教學剛介紹過他們穿紅色小短褲

有著美好強壯的腿）

508 號包廂一個戰鬥工兵在哭

（可能在下基地）

（可能剛回到金門，返金憂鬱）

（可能女朋友移情別戀）

海龍蛙兵向左走／戰鬥工兵向右走

各自憂鬱地收假回到營區

（但是滿天還有燦爛繁星

可以清楚數出北斗七星、北極星和大熊星座）

　　（不小心還可以看到劃破黯黑天際的照明彈）

　像這樣

Ψ

還有十一月號的 Men's Uno
還可以悠哉悠哉沐浴後聽著 LOUNGE
一年了。去年的這個夜裡
一艘開往金門的慢船，正悄悄航行

今年的霧怎麼來得那麼早

那麼濃，連

情報官窗前的畫眉

都睜不開小小的眼睛

火砲和山羊

無預警地被暴動似的濃霧給包圍住

身陷在瞌睡的杉林

再遠一點的料羅灣

群居終日的戰車

言不及義的螃蟹

都看不見了

看不見了

只有無憂無慮的斑鳩

靜靜地

守候在人境

我跑步經過

手掌裡的秘密已經醒來很久了
旅客大廳的商店還靜靜沉睡

我跑步經過高梁香味瀰漫的海洋
溫暖的機場
我跑步經過滿天星空
經過一九九六年因渴望愛情
額頭發燙的高中男孩

我跑步經過麥田
潔淨的小沙粒
記憶溫暖的機場

丢
包

趁著天黑

潮汐交替之際

大陸漁民又開始默契地丟包

一包香菇

一包魚翅

一包干貝

不料

保七總隊

還有岸巡分隊

鬼魂一樣

出現海面

雙面夾攻

準備抓拿一些

要逃不逃的情緒

不需要星光夜視鏡

和雷射觀測機

我在岸邊

親眼目睹

那一包香菇
那一包魚翅
那一包干貝
漂流到海潮裡去

唉！我那吃素的同梯
又要挨餓了

每一次回家
家具就老了一些
牆壁就癌了一些

母親的頭髮降了一大片霜
父親臉上的皺紋
則更加穩固地
鎖住了歲月

我被花園裡快要暴動的植物
給吸引了過去

南國的夏天
不知名的小野花
彷彿帶著族群被冷落的自覺
安靜地集結

每一次回家
家就變了一些

父母就老了一些

唉，除了等
我還有什麼辦法

等到番茄收成的時候
我也會曬得紅通通地
放假回來

輔導長又體貼地傳來一盤酸梅
怕我們瞌睡

這一週的星期四莒光日早晨
忽然飄來了一縷英魂

上課了
值星官喊了起立
我們跟唱昂揚的主題曲

八二三砲戰的時候
窗外那名斷了一截手臂的戰士
彷彿還滴著血
睜著好大的眼睛

我與他對望良久
直到他　化成了
窗口邊的煙硝味

還要穿好久的迷彩大頭皮鞋

還要看好久的最新一季滑板鞋廣告

⋯⋯我的腳掌

因為三月陽光底下的鄉愁和嘆息

長滿了不受歡迎的繭

而我夢中的小舟

還要多少次的夜行軍

多少次的霧起霧散

才能載我航向泥土香味的遠方

回到金門的第六十八天

M君花了一下午的時間
把伙房裡的綠蒼蠅
訓練成一支裝死部隊

L君閒坐一五五公厘的火砲砲管
想路邊攤、棕櫚樹、小袋鼠
想泰國的大佛
想小樽之秋
下課的時候
和每一尊火砲砲神
交換意見

夜行軍

軍用地圖

手電筒

背負式無線電機、步槍

哨子、甜點、子彈

夜巡部隊

在馬路上

散成一行疲憊的詩句

或集合成一聲嘆息

在島嶼靠近敵區的西北海岸

夜色掩護下我們並肩行進：

南十字星→ 38 號據點→ W269 會所→ 571 碼頭→南
十字星

大約凌晨一點四十五分

會走到 571 碼頭

那裡，有載浮載沉的水母

與我們辨正燈號——

（綠：一短）

（紅：兩長）

但沿途我們得先仰賴森林遠方悄悄

流瀉的月光

才能閃躲帶刺的芒草和

不友善的大流沙

走到麥子和稻

同時飄香

的閩南式村莊

而我肩膀上的無線電機

怎麼無論如何

都收不到

來自初時降生地方

有水蛇有陀螺有跳房子的彼得潘和閃電的訊號

手裡的糖果已經抵擋不住孤單

而溶化

還要走多遠

才會有溫柔的涼風

和自由

輯七
歐洲組曲

燃燒的巴黎

來到巴黎時已經是下午了，下午的巴黎燃燒的是
文明和科技社會的光彩。我卻暗暗期待，香榭大道
那端，如貴婦一般優雅的巴黎艾菲爾鐵塔。

當夜晚和沁涼的空氣連袂靠近，我們正在巴黎的
夢的中心緩緩上升，來到一個鐵塔的青春境地。

我堅持不用腳架，以免和各地的旅客留下
一模一樣的貴婦姿態。我任由手上相機的 B 快門
留下晃動的身影，速寫燃燒的巴黎。

三角形的地中海夏天──義大利

靠近愛琴海的海灘，打著一把傘
青春就在這裡坐下。日本國旗，法國
英國，德國和義大利的國旗，飄飄盪盪
圍成一個夏天的三角形。

夏天，地中海，曝曬陽光的深邃男孩
標緻女孩。

沉睡中，請勿打擾——威尼斯

太多騷人墨客在這裡

在這裡書寫和找尋靈感

我也是搭乘水上計程車的其中一個

一百種描繪水都方法我都捨棄，

我選擇輕輕將雙手放進威尼斯水渠的夢幻之中

直接感受。

因為，我去的這個時候，她正在午休呢。

一些人拍照
一些人正在行走。
我的高中二年級因為一條岔路
走到了這裡。

有白色的花香，綠色的風
和耽美的回憶。

義大利佛羅倫斯

羅浮倒影

收藏著藝術品的羅浮宮
有著昔日帝國的夢，走在宮內
彷彿也走在法國藝術史上．

走著走著我被瘋狂的人群擠壓出來，三角形金字塔
的另一邊，我被捲進了廣場的水池倒影

羅浮倒影，不是照著納西瑟斯
而是想家的我自己

開一輛車子，越過一個想像的界線
到鄰國旅行。

是的，歐洲
就是一個許多在夜晚相擁而眠
的國家聯盟
他們可以溝通的語言有德文，法文，義大利文
在歐洲長大的孩子
可以用三種以上的語言　表達愛

我們在德國邊境，準備護照
前往下一個國度
停車場裡，簇擁著趁夏天開車到鄰國旅行的甜蜜家庭
像是車牌號碼 GM212ZF 這一家，車頂上放置著腳踏車

「到德國去騎車吧」。
他們一家人可能會有人這樣講，用著
我們不熟悉的語言。

街角・塗鴉・義大利

街角相當闃靜，婦人三三兩兩坐著
等著觀光客挑選任何可以紀念南方歐洲的
浪漫風情。

我不知道她們在談論什麼，猶如多數的觀光客
在義大利的巷弄裡行走一遭會記得什麼。

一些塗鴉被填滿在她們的背後
這景象其實似曾相識
（例如公車上的椅背經常會被用修正液寫「林正易
愛李淑美」
或「0927423676 等你電話」）
但很少　很少有人
在牆上塗鴉臺灣的國旗

後記

若　驊

　　應該誰也沒有料到，近年受到疫情干擾，人類的文明生活受到極大的衝擊，猶記得去年五月左右，因為國內新冠肺炎疫情升高，大部分的時間都「被迫」在家裡。這段時間，少了各式聚會，如此大規模的獨處，給了我自我探索的絕佳機會。

　　我買了各種尺寸的畫布和畫筆及壓克力顏料，開始畫畫。每個下班後的空閒夜晚，好像遁入一個時空，坐在畫布之前，彷彿開啟神秘儀式：先用鉛筆描摹，再慢慢塗上顏色，沒有徬徨與猶豫，大膽調色後，憑著馳騁的靈感隨意作畫。而這段創作的時間，過得特別快，有時候甚至感覺不到自己的存在，在當下，只有畫畫本身。

　　大學時期接觸新詩，之後開始寫作，我以為，有點類似這樣的情境。詩和畫，都用來表達情感，把胸臆之間抽象的、難以描摹的各種經驗，透過文

字或色彩、結構表達。完成一首詩，那種內心的喜悅，難以言喻，因為「表達」本身，被徹底實踐了。

年輕時迷戀發表，作品也產出迅速，加上渴望與人分享（或是被了解？），我的儀式變成投稿報紙副刊，等待錄用通知，之後就是等到發表當天，起個大早，去便利商店的報刊雜誌架上，看看自己的詩印刷在副刊上的模樣。

或許是較沒經濟壓力，想像力經常如也異常豐沛，念研究所時期，就把所有作品集結，自費出版了兩本詩集：《甜蜜並且層層逼近》、《英國王子來投胎》，現在看來，未必是成熟之作，但可以理解自己當時那種「急迫」想要完成某事的慾望，寫詩確實也要一些動力、一鼓作氣才好。如果時光可以回溯，我多麼希望年輕時的自己完成更多的作品。

這本《可口樂園》距離前一本詩集，時隔二十年，實在不算短，幾前年曾興起集結出版的念頭，但多半被忙碌和自我懷疑給擱置了，就像是疫情趨

緩後，一幅只有打底，卻始終沒有完成的畫作。如今，終能出版這本詩集，實在感謝斑馬線文庫，許赫兄在出版銷售比以往消退的自媒體時代，仍持續不斷為詩集的出版耕耘，這樣的純粹精神，實在是不容易。

　　為了更完整呈現自己的作品面貌，這本詩集也夾帶了在前兩本詩集中發表過的十八首詩作，包含祐介三須老師為〈甜蜜並且層層逼近〉一詩日譯的版本，在此一併致謝。如果要指出自己寫過且最喜愛的，那這首便是。

　　此外特別感謝須文蔚教授的序文，至今我仍保留著當年得文學獎後，文蔚老師寫給我鼓勵的信，這也是因為文學而牽起的緣分，我一直銘記於心。還有封面封底的手寫字，來自阿旭寫字公司大力幫忙，更豐富這本書的質地。我想，這是最美好的發生。

國家圖書館出版品預行編目（CIP）資料

可口樂園/若驊著.-- 初版. -- 新北市:斑馬線出版社,
　2022.04
　　面；　公分

　ISBN 978-626-95412-3-2（平裝）

863.51　　　　　　　　　　　　　　　111004417

可口樂園

作　　　者：若　驊
總 編 輯：施榮華
封面插圖：吳箴言
封面題字：阿旭寫字公司

發 行 人：張仰賢
社　　　長：許　赫
出 版 者：斑馬線文庫有限公司
法律顧問：林仟雯律師

斑馬線文庫
通訊地址：234 新北市永和區民光街 20 巷 7 號 1 樓
連絡電話：0922542983

製版印刷：龍虎電腦排版股份有限公司
出版日期：2022 年 4 月
ISBN：978-626-95412-3-2
定　　　價：280 元